KB102508

넘어졌다 일어난
**생각**

心 넘어졌다 일어난 생각
雪泉 徐龍德 第6詩集

**초판 인쇄** 2016년 07월 15일
**초판 발행** 2016년 07월 20일

**지은이** 서용덕
**펴낸이** 신현운
**펴낸곳** 연인M&B
**기 획** 여인화
**디자인** 김주리
**마케팅** 박한동
**홍 보** 정연순
**등 록** 2000년 3월 7일 제2-3037호
**주 소** 05052 서울특별시 광진구 자양로 56(자양동 680-25) 2층
**전 화** (02)455-3987 팩스 (02)3437-5975
**홈주소** www.yeoninmb.co.kr
**이메일** yeonin7@hanmail.net

값 9,000원

ISBN 978-89-6253-186-2 03810

# 넘어졌다 일어난
# 생각

## 雪泉 徐龍德 第6詩集

연인M&B

# 제6시집을 발간하면서

아이 다섯 명이 거실에서 소파를 중심으로 숨바꼭질하는
지 달리고 숨고 뛰어다니는데, 무릎으로 기어 다니는 막내
는 소파 모서리를 잡고 일어섰다 넘어지고 일어섰다가 넘
어졌다. 그래도 아랑곳하지 않고 막내는 소파에서 손을 놓
고 한 걸음을 떼고 넘어지고 일어서기를 계속 반복했다.

막내는 언니 오빠들과 어울려 보려고 뛰어다니고 싶어 외
마디 소리를 지르고 도움을 청하는 몸짓을 나는 멀리서 관
심 있게 바라보고만 있었다. 다섯째 막내가 정확히 11개월
만에 걸음마를 스스로 걷는 데는 40분을 넘어지고 일어나
는 반복 훈련이었다.

인생이란 마라톤 경주에서도 달리다가 넘어지면 다시 일
어나야 한다.

젖도 떼지 않았던 아이가 수없이 넘어져 걸음마를 시작하
여 뛰어 달려야 성공한 생활이라 하겠다.

막내가 걸음마 배우기는 일어나기 위해 넘어지는 실패가 있었던 깨달음을 알게 되었다. 그래서 실패의 끝이 성공이란 꽃이 피어난 것이다.

실패는 많은 것은 쉽게 성공할 욕심이 많아서 실패한 것이다.

나는 무슨 일이든지 생각이 넘어지면 다시 일어나기를 포기하는 습관이 아니라, 다시는 두 번의 실패를 반복하지 않으려고 한다. 두 번, 세 번 실패에서 일어나는 생각, 지금까지 다섯 번째 실패하던 시집이라 하여 여섯 번째의 시집을 〈넘어졌다 일어난 생각〉이라 하였다.

2016년 6월
알래스카 산방에서

강 정 실
(한국문인협회 미주지회 회장)


삶은 퍼즐이다. 몇 백 개의 조각을 이어 맞추어 내는 일이
다. 이는 남다른 인내를 요구한다. 각각의 조각만을 보면
그게 그것인가 싶지만, 퍼즐이 거의 완성되어 갈 즈음에야
비로소 머리를 끄덕일 수 있다는 점에서 그렇다.

이렇게 삶은 행복한 조각과 불행한 조각, 기쁨과 슬픔이
뒤섞여 있는 씨줄과 날줄처럼 섞여진 게 아닐까 싶다. 역설
적이게도 평화롭다 여긴 순간 어느덧 불행의 씨앗은 움트
고 있고, 불행 속에서도 희망의 불씨는 꺼지지 않기 때문
이다.

시인 서용덕의 삶은 세 조각의 퍼즐이다. 그 분기점은 첫
번째가 가정을 이루고 미국으로 온 것, 두 번째는 중국집
식당에서 시퍼런 인생이란 칼을 들고 가스 불 속에서 춤추
며 배운 것, 세 번째는 목숨처럼 귀히 여기던 생활의 터가 한
순간 바람처럼 날아갔다는 사실이다. 6권의 서용덕 시 안
에는 대부분 중국 음식을 조화롭게 만들어 내듯, 아픔과
고통 속에서 건져 낸 시어(詩語)들이 즐비하다. 그랬기에 누군
가가 그의 아호를 설천(雪泉)으로 만들어 준 것일 게다. 한마
디로 인생의 의미를 눈 속에서 마르지 않는 샘처럼 건져 올

리시라고 작명했을 것이리라.

　여기 담긴 6번째 시집의 내용은 거의 철학적이고 공간적이다. 평범하게 읽다 보면 멍하니 지나가게 된다. 그래도 가끔 살포시 웃게 하는 서정적 시도 들어 있다. 그렇다. 서용덕 시인의 시는 평생토록 가꾸고 지켜 온 삶의 터전이 고스란히 박혀 있는 자아다. 기도와 참회가 들어 있다. 하얗게 내리는 눈 속에 벌거벗은 자신의 자아가 함께 내리고 있고 그 속에는 죽음과 삶, 아름다움과 추함이라는 이분법적이 들어 있다.

　그러기에 세 번째 퍼즐은 바로 삶이요, 자신을 지켜 내는 과정일 것이다. 그리고 자신을 지켜 내려는 모진 고통이기도 해서 〈넘어졌다 일어난 생각〉을 화두로 던졌을 것일 게다.

　서용덕 시인이 시를 처음 쓸 때부터 지금껏 쭉 보아 왔던 화자는 5부로 된 제6시집, 『넘어졌다 일어난 생각』 상재를 진심으로 축하드린다.

2016년 초여름
남캘리포니아에서

| 차례 |

제1부

/

하늘과 땅

제2부

/

# 봄

제3부

/

여
름

제4부

/

가
을

제5부

/

겨
울

제1부

/

하
늘
과
땅

# 넘어졌다 일어난 생각

자전거는 페달을 밟지 않아 넘어지고
사람은 빨리 달릴수록 지쳐 쓰러지며
생각은 넘어져야 쉽게 일어나는데

일어난 생각은 붙들어 잡아야 내 것이고
한순간에 달아나 놓치는 생각은 보석인데
가득 남아 있는 생각들은 오물통에 구더기뿐인가

쓰러진 몸 일으켜 주는 의사의 처방전은 꼭꼭 챙겨도
쓰러지고 넘어진 생각 일으켜 주는 사람이 없으니
세상은 진리가 왜곡된 잡동사니요 난장판이다

흰옷 입던 것이 불편하여 검은 옷 편한 생각에
밝은 세상 썩어 가는 병든 오물이 가득하구나
오호통재라! 그 많은 진리가 어느 곳에 숨어 있는가

자전거는 페달을 밟지 않아도 넘어지지 않는 세상이라
더 빠르고 지치지 않는 세상 길이 편하게 넓어졌으니
쓰러지고 넘어지는 생각들이 하늘 끝을 모르는구나

# 거대한 장벽

태초에 다 이루었다
묶인 것은 날개(翅)와 발(足)이 아니라
천지를 만들었던 말씀이
세상을 통하게 하는 날개였고 발이다

거대한 장벽은 말 못하는
자유 없는 말과 하고 싶은 말을
쏟아 놓지 못하는 싸움이다

안과 밖의 장벽은
갇힌 말(言)이
박차고 뚫고 나가는 말이 약하면
장벽은 날마다 단단하고 높아진다
지금 외쳐라 지금 말하리라
자유의 힘은 무너지는 장벽이다
영혼을 구원하는 거룩한 말(言)
외쳐서 쳐부숴라
가장 큰 강한 목소리로
하늘 땅 창조물은 위대한 말이었다

# 오늘도 걷는다마는

어제는 하던 대로
뒤로 등 돌려 뒷걸음으로 걸어 보면
앞으로 걸어간 발자국이

어제 남겨 놓은 오늘은
앞으로 걸으면 끝없이 따라오는데
뒤돌아서 걷는 것은 아픈 사람들이며
앞으로 걷는 것은 밀린 일들이 바쁘다

어제 남았다는 걸음들이
새겨져 남은 것이 있고
흔적도 없는 것은
아침 밥상에 확인하는 숫자로
남았는지 모자란 계산서가 없다

날 밝았으니 걷기는 걷는다마는
뒷걸음도 앞걸음도 아닌
우뚝 서 있을 때
보이지 않는 내가 보였다
가까이 보다가 자세히 보려니
가던 길 잃고 해가 저물었다

# 노인과 바다

골 깊은 물결에 잠겨 버린
숫자 다 모으고
이마에 놓쳐 버린 세월도
잔주름으로 모으고
떠밀려오는 시간도 모았던
가장 낮은 곳이 가장 넓은 가슴이라
그곳에 모든 호흡이 다 모였다

세월이 그렇게 흐르듯 모여
바다가 가장 낮아 넓어진 것이
세월 짊어진 주름살 무거운 만큼
곱게 다듬고 싶은 파도가
힘센 바람을 안아 버티고 있다

뜨거운 눈물 한 방울 녹아내리면
강물로 모이던 바다가
주름살 마른 눈동자 적신 가슴으로
바람 부는 대로 끝없이 살아서 있다

# 바다

세상의 모든 것을 다 모았다
끝으로 가기 위해 다 모였다

내가 받기 위해서
내 모든 것을 주어 버리고
넘실넘실 끝없이 흔들리며

끝으로 가는 하늘 끝
그 맛을 잊지 못하는 목마름으로
다 모으고 모았던 그 맛

끝에서 만난 변하지 않는 하얀 맛
짠맛이던 염통은 펄떡펄떡 뛴다

# 금지구역

아무도 가지 않는 금지구역은
사랑도 그 선을 넘지 않지만
얼굴 보는 데로 아는 체하네

웃는 얼굴 반가움으로 포옹하는데
훔쳐보는 눈들은 멀뚱멀뚱하면서
앞에 사람이 웃는데
따라오는 사람이 비웃는다

안다고 반겨 이름 부르며
얼마나 보고 싶었다고
얼굴로 얼굴 비비며 껍데기 벗은

얼굴은 활짝 웃고 있지만
사랑이 넘지 못한 가슴은
닫아 놓은 금지구역이다
그렇게 웃고 웃는 얼굴이 슬프다

# 거리와 소리

넓고 좁은 거리거리마다
얼굴들이 빛난다

시장통에 머리들이 아우성이다
입을거리 먹을거리
읽을거리 쓸거리 생각할 거리

어느 곳이나 거리를 보면서 배우며 채울 거리다
거리에서 걸어가는 머리들이(首)
걸어가는 착(辶)으로 길(道)을 만들고
거리거리에서 사람들이 도를 닦는다

거리거리에서 소리를 듣는다
우는 소리 웃는 소리 노랫소리
나팔소리 종소리 천둥소리
새소리 바람 소리 발걸음 소리
이 소리로 눈에 익은 거리는 가깝지만
처음 가 보는 거리는
길이 참 멀기도 하다
걸어온 만큼 그만큼

# 예술가

가난하다고 구걸하지 않고
보이는 대로 듣는 대로
제값 모르지만 쓸데가 많았다
필요하지만 못 본 체하고
실컷 가졌어도 고마움도 모른다

무료한 날 정신 빠졌을 때
제정신 찾느라 분노할 때
그러다가 용서하고 얼러 주던
하늘로 구름으로 바람이었건만
제대로 된 작품 하나 만들지 못하는
예술을 하는 사람이 없었단다

얼마나 더 보여 주어야 알아볼거나
더 이상 볼 것 없는 완벽한 작품을
아직도 눈치채지 못한 망령뿐인가
예술은 망령된 기술이 아니다
기술로서 예술을 꾸미지 않는다

보이는 것만큼 즐겨라
최고의 예술가는 만드는 것이 아니라
변하는 것을 멈추게 하며
변하지 않는 것은 변하게 하는 것이라

기교가 좋아 예술은 멈추지 않는다

# 하늘의 비밀

하늘이 얼마나 높으냐고
가득하면서도 텅 비어 있고
어두워야 보이던 별들이 사는 곳
법과 질서가 엄격한
불덩이 하나가 타올라도 열 받지 않고
불바다가 되지 않으며
없어지거나 땅으로 떨어지지 않으니
사람은 죽어서 혼불로 날아가는 곳

하늘 아래 땅에는
흙에 뿌리박은 나무를 세우고
깊은 구덩이 채운 바다는
언제나 제자리 지키며
사람의 뿌리는 하늘로 뻗어
바람결에 구름같이 잠시도 머물지 않는다

하늘로 솟는 뿌리 중에 날개 가진 새를
부러워하지 않으면서
새처럼 날아서 자유롭게 소통하고
하늘에서 세상을 누비는 땅에 저주 흙의 축복이
하늘의 저주로 알아 버린 사람들이

무서운 비밀이라면
아무도 알지 못하는 하느님

나의 비밀이
하늘이 가진 비밀이라서
죽는 날까지 하늘 모르던 것 믿고 살았으니까
내 정신없이 사라지는
온전치 못한 미친 바보였다, 바보야

# 눈먼 사람

하루의 끝이 어디더냐
시간 시간마다 죽음을 피하며
성공하는 삶의 끝을 찾았더냐

어둠은 빛을 채우려 찾고
빛은 어둠을 찾는 즉시 눈이 멀었다
영혼이 시들은 어두운 날에
구원의 빛으로 눈이 멀었다

깊은 잠들어 꿈을 꾸었다
꿈은 어둠 속에 찬란한 빛
빛으로 찾아온 끝이 꿈이었다

세상이 끝나는 사랑은
오늘의 성공은 사랑이
저 꿈으로 이룬 눈이 멀었다

어둠의 끝은 빛이며 빛의 끝은 어둠이라
빛에서 눈먼 자들이
어두운 세상에 깨어난 자들이
세상 빛이라 한다
빛으로 얻은 구원은
하늘이 하던 일을 잊은 채

# 못 고치는 병

약한 너에게 속이는 것이
강한 나에게 속이던 것이야
그것이 들통나면 장난이라 하고
그걸 모르면 쓸 만한 도구로 사용하였지

너한테 속는 것보다
나한테 속이는 일이 더 깊은 병인 것을
모르는 것이 즐거운 일일까
너에게 속으면 분하고 억울한 바보라 그럴까

속이는 것보다 속지 말아야 하는데
너를 속이는 일보다
나를 속이는 일이 많으면 많을수록
못 고치는 큰 병이라 할 것이다

몹쓸 병 치료하는 것은 잊은
소중한 자신을 속이지 말라
잘 먹고 잘살기 위해서
양심과 얼굴에 가면을 쓰고
진리마저 팔아먹는 사기꾼이
자신도 못 고치는 병을
약발 좋다며 들키지 않는 마음 팔아
영혼이 육신을 속이면 도둑질이 되고
육체가 영혼을 속이면 거짓말이 아니었더냐

# 잃어버린 말

혼자 있을 때
주고받는 말에
없었던 말들이 아프다고 싸매고 있다
말이 없는 환자는
갇혀서 떠나지 못하고 있다

시인이라는 의사는
굳어진 가슴팍을 진찰한다
수술실에서 아픈 파편들이
보이지 않던 말들을
찾아내어 처방전으로 내놓았다

막혔던 숨통 같은
잃어버린 말을 찾아낸 환자는
시 한 편을 읽어 내고 있다
그 많은 말이 책 속에 있었다

# 지금은 없습니다

어릴 때 보았던 것이나
가졌던 것이 없어졌습니다

먼저이나 나중이나
사람들의 고운 얼굴 모양이 없어졌습니다

체면이 있다면 볼기가 붉어지는데
부끄럼이 두꺼워 달처럼 하얗단 것일까

그 모든 것이 떠났는지 사라졌는지
온전히 지키지 못하여
지금은 없어졌습니다

# 숨기는 말

기억 속에 생각나는 것을
꼭꼭 씹어 삼키던 말
씹다가 우 웨 엑 뱉어 버리는 말
그걸 주워 씻어 보았다

맛이 쓰디쓴 소리
그 소리를 다듬어서
노랫가락으로 흥얼흥얼 내지르면
맺힌 속이 후련하련만

숨길 수 없는 무거운 비밀이
뱉어 내지 못하는 가슴에
모르는 것 알려고 살아온 것이
얼마나 많은 앙금으로 감추어 있을까

모르는 것 알았더니
아는 만큼 말 못할 사정일 줄이야
그 누가 믿어 줄까

# 잃어버린 나

살펴보고 살펴보아도
잃어버린 것이 있고 놓아 버린 것이 있다

벽보와 전봇대 그리고 우편함에도
찾습니다 급구합니다
잃어버린 소유물도 많고
주인 찾는 물건들이 많다

기억력이 깜박깜박 부서지고
흩어진 시간에는
앞을 볼 수 없는 안경을 잃어
손과 마음에서 놓아 버린 것들

열쇠 꾸러미나 강아지마저
도둑맞은 것처럼 없어졌을 때
내가 나를 잃어버릴 때
외롭고 힘들고 아프고 방황할 때
날 찾아 주었던 전지전능은

살펴보고 살펴보아도
잃어버린 나를 찾았던
목마르게 갈급한 하나님의 사랑이었다

# 지팡이 짚고

굽은 허리 펴지 못하고
무르팍이 절름거려
지팡이 의지하고 걷는다

강한 다릿심도 등뼈 곧은 굵은 힘도
세월에 덧나 버린 신경 줄이
거미집같이 삭아 내려앉는다

세상을 허리뼈로 부려 먹고 살았던
장딴지가 불끈불끈 걸었던 길에
쓰러지지 않으려
남은 힘을 지팡이 짚고 걷는다

어둠 속에 묻혀 있는 길에도
홀로 가는 길이라 하여
그 길 끝에는
내 편한 집이 있다고 걷는다

보이지 않는 길을
지팡이 끝으로 빛을 찾는다
빛을 잃은 눈이 지팡이로 더듬어도
무엇인가 잃어버린 것을 또 찾는다

# 강한 자

사자를 이긴다면 장수의 힘이고
사람을 이긴다면 혀가 칼날이며
바람을 이긴다면 지혜가 많고
세월을 이긴다면 영혼이 강하며
자신을 이긴다면 분노를 알고
분노를 이기는 자가 가장 강한 자다

이기는 것은 싸움이 아니라
모르는 것을 알아가는 것이라
가장 강한 자가 되어 가는 훈련이다

배우고 아는 것을 찾아가는 것
바로 강한 나를 찾는 것
불같은 분노를 이기는 가장 강한 힘은
나를 언어가 다르게 일으켜 세운다

# 통일! 대한민국

철의 장막으로 묶었던 허리띠를
벗어 던진 후련함이
숨통 터진 아리랑을 부르자
아~ 아! 대한민국 통일
통일이다! 통일이다!
대한민국 만만세!

아픈 가슴으로 쌓인
그리움이 눈물 되어 흐르던 것
얼싸 좋은 닐리리야 나나노
목 놓아 불러 보던 우리의 소원이
통일이다! 자유통일 평화통일

숨어 울던 사람들아
우리 다시 모이자 뭉치자
이루고 가꾸자 아름다운 대한민국
인생이 사철 따라 변하고 변하여도
무궁화 화려강산 꽃피듯이
자손 만만대 평화 누리는
자랑스러운 민족으로 뭉쳐서 일어나자

제2부

/

봄

# 태(胎)의 소리

머리 조아리는 무덤 앞에
무릎 꿇고 고독에 잠긴다
내려놓지 못해 벗어 놓지 못하는
쌓인 응어리를 덧없다 하면서
시퍼런 칼날 아래
모가지 내어놓은 숨통은
영혼이 더듬어 찾는 소리

초침은 딸각딸각 토막 쳐 지날 때
마른 소가죽 둥둥둥 울리던 북소리
비어 있던 그 공간에
머리를 시퍼런 하늘에 묻었다

빈 것을 다 채우려고
세상에 나왔다고 우러러본다
사람마다 소리가 다르다던
얼굴 다르고 가슴 달라도
똑같은 태의 소리는
하늘에서 들어도 듣지 못하는
둥둥둥 빈 통으로 울리는
사람 소리가 바람 속에 감긴다

# 흔들리는 것은

물 뽑아 오르는 봄바람에 흔들리는 것이냐
외로운 고독에 몸부림치는 것이냐
그리움에 지친 신열 받은 추위에 떠는 것이냐
앞서가다가 쫓기어 두려워 오그라 움츠리는 것이냐
기다리던 소식 찾아온 반가움에 춤추는 것이냐
애타는 속울음으로 파도치는 흐느낌이냐
마음을 붙잡지 못하여
휘청휘청 쓰러지지 않으려
넘어지지 않던 중심이더냐

불덩이 용솟음 치는 땅마저
흔들거리는 곳에
풀썩 주저앉아 감싸고 있는
마음을 단단히 붙잡고 있었다

# 낚싯바늘

세월이 빠르다고 강물이 바쁘다
바늘에 걸린 물속 벗어난 세상은
무덤이 하늘이라서
목숨이 팔딱거리며
비릿내와 맹독을 뿜어낸다

물속에서 건져 낸 것이냐
운명에 걸려든 것이냐
물속을 알지 못하면서
물질 아는 척 던졌던 갈고리

보름달에 걸려든 목숨은
물속으로 돌아갈 길 없는
불속 같은 하늘이 뜨거워
물속 떠나며 불속 만났던 것을
최후의 만찬으로 잉태한다

보름달 속에 보름달로 차오르는
어머니는 손꼽아 해산날을 기다려
바늘에 걸린 탯줄을 잘라 놓고
상상력이 통통 불은 젖을 빠는 아이는
강물이 빠른 것은 세월만 바쁘단다

# 보름달

사무치는 그리움이 높이 떠오르면
이슬 젖은 달빛이 창문으로 넘어와
잠 못 드는 어두운 마음 밝혀 주고
이 밤을 통째로 들고 서서 기다리다
어둠마저 놓아 버린 밤은 잠들었나

새벽까지 달빛이 늙어 가고
남겨 두고 간 희미한 그리움이
너의 모습 하나 가득 깨어나

어둠이 잠긴 것 달이 늙었기 때문이고
사랑이 넘친 것 기다림이 쌓인 것이요
눈물이 없는 것 설움이 마른 탓이었다

# 보이니 보았다

명주실 뽑아 아지랑이 오르면
맑은 바람 차별 없는 꽃물 들고
먼저 오는 대로 마중하는 길목에
계절마다 차례대로 맞이하고
먼저 보내는 것보다
끝까지 같이 지키려는 사람들이
내일도 태양도 어둠도
희망 가득 꽃으로 단장한다
저절로 오는 것은 차별이 아니고
받을 만큼 받아서
작은 그릇에 큰 것으로 담아
무겁게 짓눌린 것도 행복일까
한세상 좋게 곱게 하려고
계절 끝자락에 왔다가
맨 먼저 떠나는 순서대로
아직도 보이니 아니 볼 수 없구나

# 원주민

꽃사슴 떼 연어 떼 쫓아 잡다가
등 뒤로 멀어진 세상을
허허벌판 불모지에 갇혀 버렸다

세상은 울타리로 막힌
벽 아래 아우성이다
자유와 평화가 덧씌워 쌓아 둔
시장통에는 보이지 않는
단단한 벽으로 얽혀서 갇혀 있다

밤에는 우람찬 별들이
낮에는 꽃사슴 떼 연어 떼들이
심장에 소용돌이치는 붉은 피로 끓는데

세상에는 우리를 구경하러 오고
우리는 빛 부신 세상을 구경하면서
희망과 허망 사이에 벽이 많은 것을
눈앞에 있는 등 뒤로 보인다

확실하게 보이며 훤하게 보인다
달콤한 위선자의 목소리와

화려한 거짓의 손 발짓이
벽 없는 초원의 꽃사슴 떼들이
눈으로 확인한 참된 진실이며 가르침으로 보인다

# 바람개비

밀지 마라
돌아가지 못해서 돌아가는 것이 아니다
앞으로 나가려고 이기려고 돌아간다
쨍쨍한 날 뜨겁게 달구어 올 때보다
울적한 날 바늘 같은 가시로 올 때
그 많은 화살받이 피하려 돌아간다
바람이라 하면서 불어오는 게 아니라
밀어부치려 생심으로 굴러온다
밀리지 못해 이기지 못해 껴안아 뒹굴고
버덩 칠수록 꼼짝없이 붙들린 채
흔들리며 빙빙 헛돌던 것은
답답한 껍데기 씻어 주던
땀방울 솟을 때 알았다만
때로는 지쳐서 주저앉기도 하고
남루한 날갯죽지 감추어서 좋았다
어쩌다 한번쯤
바람맞는 심장이 돌지 않는 고집은
생심을 놓아 버리고 싶은 것이다
기다리지 못해 포기하는 바람은
미련도 흔적도 없이 떠나가 버렸지
그렇게 버티는 힘으로 바람 안으며 살아왔다
물속이라면 아가미였을까

# 희망의 노래

빛을 품고 여명으로 밝아 오면
몸을 뉘였던 자리 박차고
일어나라 일어나

일어선 날이 머물던 시간은
어둠의 깊이를 말하고
밝은 빛은 높이 올려보았다

날을 채우던 시간은
주린 배 채운 하루를 밀어 버리고
저문 시간으로 길게 누워도
굼벵이 뒹구는 재주도 희망이듯
꿈을 바라보고 일어나 일어나라

횃대 치는 장닭이 목을 길게 빼어내면
어둠을 뛰어넘어 오는 소리다
새벽은 빛보다 귀<sup>(耳)</sup>가 먼저 알았다

# 길

멀리 가는 길은 둘이서 가면
가슴 따뜻하게 데워지고
혼자 가는 길은
생각이 따라와 발을 맞춘다

바르게 가는 길은
새벽에 나섰다가 밤중에 돌아오면
흔들리는 무릎이 쉬어 가며
언제나 찾아가는 길은
누군가 앞서간 발자국이고

아직도 남아 있는 길은
밝으나 높은 곳이 좁은 길이며
깊은 곳에 어두워도 넓은 길은
영혼이 선택하는 갈림길이었다

정상으로 오르는 길에서는
낮아지고 낮아져도 고개 한번 쳐들다
쫓기듯 급하게 끊임없이 쉬임없이
깨지고 부서져 미끄러져 쏟아지던
폭포수로 떠밀려 가는 길도 있었다

날마다 같은 발바닥 같은 길에
머리 위로 바람의 길이 날개로 퍼덕이고
땅속이나 물속이나
지도에도 없는 길이 보이지 않지만

발아래 있어도 멀리 있는 길
오래된 길은 건너가듯 벌어졌고
새로운 길은 강물보다 더 빨라졌다

가던 길이 먼 길이라 도착은 기약 없고
가진 것 부서진 것 고치고 바꾸어
그곳으로 정착하러 떠나는 외길뿐이다

# 유통기한

포장지 화려한 선물이
오늘 찍힌 기한이라
폐기처분 무시하고
하루 아니 한 달 더 기한을 줄까

이곳 저곳 떠돌아다니면서
만나던 사람들 기약 없이 떠나면
사랑도 우정도 유통기한이었나

병보다 약이 좋아 늘어난 젊음이
귀한 것 흔하여 제맛이 좋아도
기한이 지나면 떠나고 마는 것
오늘도 새로운 것에 밀리는 파도같이
유통기한 모르고 용케도 버텨 왔건만

백 년이나 살 것 같은 희망보다
지금 주어진 시간을 망각했던 것은
패배라 말하지 않던 것이
그것도 권불십년 화무십일홍이라
팔딱이는 초침은 시간별로 기한을 정하여
남은 시간만큼은 끔쩍 없이 영영 불멸하구나

# 달콤한 선택

세상은 넓은데 좁은 방을 지키며
닫힌 방에서 못 볼 것을 보았고
열린 방에서 안 볼 것을 보았고
터진 방에서는 알 수 없는 것을 보았다

영혼이 없는 짐승 같은 무리를
두 얼굴 가린 불륜 현장을
욕심 차렸던 꾸민 마음을
볼 것 안 볼 것 다 보았던 것

감방 호텔방 주방에서
사람 지키던 똑같은 문지기가
터진 입 지키기가 만만한
세상보다 더 넓은 곳이
벌어진 입은 알 수 없었다

애초에도 모르던 일
달짝지근한 사탕 집어 먹은
내 입 가진 것 지키려다
온전히 지키지 못하는 것
한평생 알 수 없는 의문을
이제야 뻥 뚫린 하늘이 보이니
선악 차별하던 눈높이가
가슴속 터져 부끄럽게 달아오른다

# 사랑의 흔적

물에서 건져 올린 그물 속이나
생각 속에서 꺼내는 시인의 글이나
자궁 속에서 떠밀려 나온 갓난이는
거친 세상 헐떡거리는 숨소리가 있다면

잘못 얻어먹어 토하는 말
허기진 창자 채워 빠져나오는 똥
독이 퍼져 물러 썩은 피고름은
지독한 냄새만 풍긴다

더 지독한 것은 가슴속에 불 질러
숯이 되도록 타 버린 심장이
늦가을에 나부끼는 나뭇잎처럼
흐느껴 떠나는 마른 눈물이었다

# 굶주림

하늘은 텅텅 비워서 파랗고
바다는 가득 채울수록 깊어질 때
시간은 굶으면 굶을수록 살 오르고
나이는 먹으면 먹는 대로 야위어 간다

하늘은 먹는 것 없어도 배부르고
바다는 가진 대로 넘쳐나 탈수증이고
사람들은 못 먹어서 배고프단다

씨 뿌리지 않고
하늘까지 누비는 날갯짓이
먹을 것이라곤 눈물이 따라다닌
굶어도 굶지 않은 서러움 많은
나이로 먹어 배부른 이유다

# 낡아 버린 어린 시절

핫바지 버선발에
꿰어 나온 버선발도
하늘 천 따지는 회초리로 배우고

십 리 길 학교 길에
솥뚜껑 뒤져 보면
쉰내만 풍기는 불어터진 보리 밥풀뿐

고구마 통가리에
허기진 배 달래 가며
자치기 구슬치기도
수숫대 꺾어 안경 만들고
아주까리 대 꺾어서
쟁기 들고 진흙을 갈았지

메뚜기 잡는다며 온 들판 헤매며
수렁논에 미꾸라지
해 가는 줄 모르고
얼어 터진 손등에는
동백기름 구경도 못한지라
까마귀 떼가 자리 잡은 지 오래된 일이다

또 언제나 손가락만 세어 보면
설날이나 추석 때는
기름 뜬 고깃국에 설사병에 시달리며
새 옷 입고 자랑했고

잔칫집 초상집에
떡 조각만 침을 삼키며
삼베 바지 떨어진 것
지게 바작 엿장수만
그렇게도 기다려 보았었지

# 기다림

물이 무거워 바다가 검고
흙이 무거우면 땅이 마르고
하늘이 가벼워 구름 모이듯이
끝에서 끝으로 오르내리는데

사람들이 간절한 것은
하늘땅 물이 피하지 않는
그 공간 가득 채우던
보이지 않는 마음마저
마르기도 하고 젖기도 한다
비가 내려 구름 걷히면
밝게 빛나는 얼굴이 볼 수 있어서
기다리지 않아도 기다리는 것일까

# 돌아오지 않는 세월호

캄캄한 바람 물속에 일어나
기우뚱 뒤집혀 가라앉는데
일어나지 못하여 쓰러진 채
"가만히 있으라." 얌전히 있었던 기다림

영원한 시간은
한순간을 잡아 놓은 4.16
물속으로 묻히는 숨소리조차
끓는 피가 퍼런 물로 멍든다

가만히 있었으니
다시 볼 수 없는 그림자조차
영원히 놓쳐 버렸다

"가만히 있으라." 물먹은 목소리는
썩은 시대가 만든 악마의 부름인가
이 시간이 지나는 어디선가
어두운 바람 또다시 일어나면
"기억에서 잊으라." 고
손발을 영영 묶어 버릴지 모른다

밥상에 빈자리
순간순간 깨어 일어선 모습
단단히 새겨진 이름으로
다져진 4.16 그날로
세월호는 세월로 돌아오지 않는다

# 악마의 세상

(악마)는 영혼의 장미꽃이라
진실을 어둠 속에 숨겨 두고
그 뿌리를 접목하여
세상 도적질도 모르게 하는 얼굴이다

(악마)는 순간의 예술품이라
꾸민 만큼 얻을 수 있고
세상 금지구역 넘나드는 빈 틈새를
가장 화려한 고문질로 살아간다

(악마)의 제물은
잎사귀에 숨긴 가시를 세워
엄마가 피 흘린 사랑마저
빛바랜 하얀 찔레꽃이 되었을 때

(악마)의 호탕한 미소로
나의 가슴 틈새를 비웃을 때
그 틈새로 끌려다녔던
(악마)에 목멘 믿음인가 구원이었던가

* 작가의 말 : 악마는 영혼을 병들게 하는 사이비 종교, 사랑, 돈, 마약, 도박 등
등이다. (악마)의 문구를 대역한 삿꾼 성직자, 사랑, 돈, 마약, 도박들의 단어를
사용하여 읽어 보면 이해가 더 빠를까? 진실과 정의가 없는 (악마)의 세상은 세
상이 끝날 징조이며 썩은 오물들이다.

# 마음먹기

먹는 것 먹던 것이 다르면
달고 쓰고 시고 맵고 짠맛이
벌어지는 입술
웃고 불고 울며 덜덜거리며
어금니를 앙당 물었다

우주가 텅 비어 있어 배고프다면
텅 비어 있는 만큼 늘 채워야 하나
끼니때 밥 한 그릇보다
마음먹기도 어렵고 힘든 것은
입으로는 채우며 가슴으로 먹고
생각으로 먹었던 것 똥덩이로 빠져나오나

마음먹은 만큼 익은 것은 생각뿐인가
사랑보다는 쾌락이겠지
고픈 것 채우려는 욕심이겠지
채워도 채워도 못 다 채우는 것
우주가 텅텅 비어 있는 만큼

먹어도 먹었어도 빵빵 채우지 못해
보고 듣고 말하는 입술도 콧구멍도
먹고 피우던 마음 채울 수 없는
끌리고 꼴리고 쏠리며 당기면서 빼앗긴다
그래도 마음먹어 만족한 것이라면
불같이 타오르는 뜨거운 가슴만 녹인다

# 진짜와 가짜

전지전능한 신을 받들어
신이 만들어 축복한 사람

사람이 사람으로 만든 가짜
이세돌은 진짜 알파고는 가짜
사람이 진짜면 신은 가짜
신이 진짜면 사람이 가짜

사람이 가짜를 만들어 놓고
가짜가 진짜를 목줄 매어 끌고 다닌다

제3부

/

여
름

# 새벽 기도

찾는 것은 초점이고
바꾸는 것은 시선이다

찾는 것
기다리는 것
만나는 것
어느 누가 간절할까

빛이 없으면 마음을 볼 수 없고
공간이 없으면 여유가 없듯
마음이라도 내 자리가 없으면
기다려 찾고 만들어야 한다

나와 그대는 세상을
알 수 없었던 것은
빛이 없었던 까닭이었다

새벽은 기다려
나를 찾아야 하고
당신을 알아볼 수 있도록
세상을 바라보는 초점은
어둠에서도 볼 수 있는
빛의 눈동자를 놓치지 말자

# 나의 기도

태산에 보름달 솟아오르니
낮아지는 봉우리요
호수에 하얀 달 잠기니
깊어지는 물이로다
마른 가지에 달덩이 튕겨 걸리면
둥둥둥 북소리 울려 쌓인다

햇볕만 있으면 사막이런만
사막에 비 내리면 푸른 초원이요
그믐날 긴긴 칠흑에 갇혀도
터널 끝으로 새벽은 밝아 온다

뜨고 지는 해와 달이
넓은 마음에 들어올 제단 없으니
제단이 없는 나의 기도는
부르짖고 울부짖어
하늘로 맴돌다 귓가에 녹아 있다

가슴에 쌓이는 제단을 향하여
해와 달이 차오르는 들숨 날숨 엮어서
일어설 때를 기다리고
새벽을 기다린 기도가 터진다

# 미워도 다시 한 번

너와 나는 하나가 아니라서
가던 길로 떠나면
아픈 것 싸매고 비 온 뒤 해 뜨는
새로운 것 찾아가는
끝나는 곳이 시작하는 것

밤낮 좋아서 엉겨 붙을 때는
떠나면 남남이라고
떠나기 아쉬워 미워도 다시 한 번
눈물로 엉키고 엉킨다

사랑도 비우면 돌아서는 것
마르지 않는 끈끈한 가슴은
새까맣게 아파도 다시 한 번
가슴 안아 보는 것이 아직은
맺힌 눈물이 끝나지 않았다

그래도 다시 한 번
사랑한 만큼 미워졌기에
끝끝내 다른 길로 떠나서 미안해

# 땀방울

알음알음 차올라 모으고 뭉친
넘쳐난 방울방울 무거워
먹구름 속 천둥 번개로 깨지더니
넘쳐흐르는 것은
낮은 데로 깊은 데로 모이는데

너와 나는 무엇인지
억수로 쏟아지는
소나기에 젖지 않고
강물에 풍덩 빠지지 않아도
흠뻑 젖어 버렸다

축축한 사랑 머문 자리마다
멈추어 쉴 만한 곳이
물어물어 쉬지 않는 걸음이
짠맛이 하얗게 절어 말린 쉰내가
목이 메도록 눈물로 차오른다

# 벼락의 과녁

구름이 펄펄 끓어
하얀 꽃으로 뭉실뭉실 피어나
검게 멍들어 버리면
한꺼번에 쏟아지는 소나기는
먹피보다 진한 비릿내가 나고
쩍쩍 갈라지며 바윗덩이 무너지는 소리
용트림하던 부싯돌이 번쩍번쩍
지치고 야윈 마른 땅에
물벼락으로 깊게 패인 앓는 소리
하늘로 쭉쭉 물오르는 청옥 빛보다 검푸르고
용왕이 배부른 잔치 마당에
장작불이 번쩍번쩍 타올라서
자궁으로 씨앗 쏟아지는 괴성을
꽃씨 받을 여인의 몸짓은 움찔움찔
보름달이 농익어 배불러 오는 과녁은
번개불 목마른 기다림이
상처보다 아픈 소나기나 날벼락도
피하지 않는 과녁으로 맞아 일어서고 있었다

# 구멍 난 하늘

동짓날 위아래 사십일은(黑夜 80일)
하늘이 내려오는 길이라
먹물로 가득히 고여도
구멍 난 하늘이 샐 줄 모르고
날이 선 바람은 싸그락 발그락 부서져
구멍 난 하늘을 쏟아 산더미로 쌓인다

하짓날 앞뒤 사십일은(白夜 80일)
하늘로 올라가는 길이
뻥 뚫린 구멍으로
날이 다 새 버리고
졸린 눈동자는 벌겋게 부풀어
뭉게구름으로 막았다 채우다가
번번이 물대포만 쏘아 댄다

하늘만 바라보며 오르다가 내리다가
검은 머리카락마저
하얗게 날 새 버렸으니
모진 세월로 끙끙 앓았던
훈장으로 남아 있다

# 삶

나는 먼 길로 가야 합니다
나는 그곳으로 가야 합니다
걸어서 달려서 여태까지 왔는데
여기가 어디쯤인지
거기가 어느 곳인지
아직도 어리벙벙 분간 못하고
무엇을 찾아가는지
누구를 만나러 가는지
나 아닌 네가 간다고 해도
나는 그곳을 향하여
쉬임없이 가고 있습니다

# 여행의 끝

세상 끝으로 떠나기 위해서
씨앗이 깨어난 새벽으로 일어나
돌아오는 길 석양에서 찾아오느냐

함께하기 위해
떠나야 하고 돌아오던 것을
이별이라 하고 만남이라 하였더냐

이런 일들을 아무런 준비 없이
아무도 피하는 일이 없다
언제든지 하던 일
할 수 있는 일이
세상을 떠나거나 만나거나
타다 남은 사랑이 가슴으로 채웠더냐

그 불씨를 품은 영혼을 태웠더냐

# 하늘나라 1

하늘에도 나라가 있다고
집과 마을 도시도 없는데
이 나라 저 나라 사람들이
하늘나라에 간다

바다에는 나라가 없는데
모든 강물이 모인
소금물에 배부른 고기 떼가
물 밖을 떠나지 않는 나라

하늘에도 나라가 없는데
나라 있다고 하늘로 보내고 있다
누가 믿고 가던지
살아 있는 사람들이 보낸다

강물은 살아서 바다로 가는데
백성들은 죽어서 떠나는
텅 빈 하늘나라 가는 길을 알고 있었나

# 하늘나라 2

밤사이 하늘이 소복이 쌓였다
해가 한 발자국 떠오른 후에
빛 부신 하얀 달이
하늘 같은 융단에 발 빠지며 걸었다

세상살이 썩어빠진 쓰레기 속에
허우적거렸던 애벌레를 숨긴 채
소낙비 내리던 날
하늘 피하던 것만 알았지
빗물에 홀딱 젖어야 했던 일이

눈이 내리던 날
하늘나라 초대받은 날 같아
하얀 도화지에 검은 마음들이
하늘같이 하얗게 그려 보아도
알 수 없는 마음 색색으로 변하여
얼룩진 눈물이 맑은 듯 애써 흐른다

어쩌다 하늘 만난 듯
포근히 안겨 보는 안갯속이나
얼굴 간지러운 가랑비에 젖어도
쌓인 눈밭 위에 흔적을 잊은 채
아직도 온전한 하늘을 모른다면
바닷물도 마르지 않아 그 뜻 모르던 일

# 텅 빈 이유

바라보면 끊임없이 밀려오는
바람은 물결 높이 일어나고
마음도 솟아나 생각이 일어나
파도같이 구름같이 사그라지던
생각도 마음으로 왔다가 사라진다

그 생각 붙잡아 따라가며
마음을 지키려고
잡아 두지 못한 시간이나
읽지 못하는 시 한 편도
보기만 하고 새길 수 없어

머무는 것도 아니고
내려놓고 쌓은 것도 아니며
아는 것도 배운 것도
잘난 것도 멋진 것도 아니고
잠깐 일어났다가 사그라지는
하늘이 언제나 텅 비어 있듯
마음도 하늘이라 텅 비어 있다

# 치마 1

바람을 잡고 휘장으로 모아
달이 차고 기우는 거룩한
제단을 모신 휘장의 성벽

산제사 받으러 달이 차오르면
보름달 맞이할 제사장은
무릎 꿇고 복을 빌어 축문 한다

하나가 하나를 보태고 하나가 되어
처음과 끝이 만나 동그랗게 하나가 되면
에덴동산에 불로장생 선악과로
저주받은 죽음의 문턱이 두려워
하늘과 땅의 제사는 십자가로
매달려 휘장을 걷어 낸 기적

달이 차고 기우는 성전에
피의 제사만이 생명에 씨를 받는다
치마 속에 비밀은 휘장을 걷어 버린
십자가의 무덤이며
생명으로 부활하는 궁전이었다

# 사막의 샘물

낙타는 물주머니 짊어지고
알몸으로 뒹구는 벌판에서
젖무덤을 넘고
아랫배를 지나 골짜기로 간다

해거름 길모퉁이 야자수 아래
숨겨진 웅덩이를 찾았다면
목이 타던 낙타는
여인이 품고 있는 단물을 알고 있었다

낙타는 물혹을 다 채우려
달구어진 모래성을 넘어 건너도
가슴이 뜨거운 여인은
밤이 되면 몸을 뒤척이고
바람이 부는 대로 허벅지를 비틀어 댄다

아직도 들어내지 못한
처녀성은 불타는 태양을 잉태하고
가까이 건너오는
낙타의 발걸음을 기억하고 있었다

# 품 안의 모정

온몸 구석이 터질 듯
산산이 쪼개 무너지는 순간순간으로
모정을 쪼개 나눈 사랑은

갓난이 우는 소리조차
멜로디처럼 흥겹고
뼛속 깊은 곳에 묻어나온
땀에 젖은 비린내 싱그러운 살 냄새가
코끝에서 시큼해도

갓난이는 엄마 품에 보채다가 놀다가 웃다가
스르르 잠들면
엄마는 잠이 설친 졸음 가득
눈까풀만 껌벅껌벅
천사처럼 아름다운 꿈속을 들여다보며

이를 악물었던
산통의 아픔이 더한 만큼
모정은 언제나 간지러운 가슴으로 심어
토닥토닥 소망이 커 가는
사랑으로 다독거린다

# 어머니와 여자

꽃이 되었습니까
꽃으로 피었습니까
여자가 되었다는 꽃이라 하면
꽃에는 사랑을 고백하여
사랑이 쌓았던 씨앗으로 여문다

여자가 아닌 숙녀들이
서투른 여자의 서투른 사랑으로
생채기 난 꽃으로 멍들어 버린다

아직 꽃이라 모르는 숙녀야
여자가 되는 것이 꽃이라 한다
여자의 사랑은 그대 없이 못살아
어머니가 되었을 때 깨어난다

여자의 모든 것이 꽃이 된 사랑이다
꽃을 품고 있는 어머니는 아픈 사랑만 하다가
멍든 꽃으로 피어난다

아직 꽃이 아니라면 여자가 아니란다
꽃이라 하여도 꽃이 아니다
세상 가득하게 피어나는 꽃
꽃을 찾는 나비들이 역겨운
꽃을 보아도 꽃으로 안겨 주지 않는다

# 두 마음

겨울이 안으로 보일수록
어둑어둑 들끓는다
뜨거울수록 눈이 많이 내리면
덩치 큰 백곰이 뜨겁단다
몸 뜨거워 얼음 위에 살아간다
뜨거울수록 하얀 것은
천사 같은 세마포의 진심이었나
뜨거워서 살아나는 사랑이라
사랑은 태양이 멀리 있을 때 가장 뜨겁다

여름이 밖으로 보일수록
반짝거려도 춥단다
추울수록 태양은 이글이글 끓는데
알몸 선인장이 덜덜 떤다
얼음장 살 속을 녹이는 불볕을 쬔다
속살이 익을수록 붉은 것은
새카맣게 타 버리는 욕망이었나
세상 무섭지 않은 독은 가시를 세우고
욕심은 얼어붙어 하룻길이 지치고 무겁구나

# 100퍼센트

100% 확실한 일이나
완벽한 시가 써지질 않는다
있었다면 신의 기적이다
기적을 바라는 것
끊임없이 노력하는 일
시인이 시를 쓰는 것은
쉬운 80%만 써 놓았기에
어려운 20%는 감상하며 채우는
100%로 만들어 가는 일
공간으로 남아 있는
20%를 모르면
80%도 어려운 시가 되어
아무리 읽어도 캐내어도 알지 못하니
100% 알 수 있는 시를 위해
99% 완전한 시를 쓰는 시인은
더는 시를 쓸 것이 없는 시인이다
한 끼 식사 때마다
99% 가득 채운 식사보다
80% 채운 식사가 더 배부른 것처럼

# 네게 묻고 싶다

믿느냐
누굴
사랑하느냐
정말

그러면
변덕쟁이
네 속까지 알고 있단 말이냐

글쎄 어제 지난 일도 모르는 건망증인데
내일 약속한 날까지 기억하느라
네 속에선 식은땀이 끈끈한데

너를 대하면 무엇을 숨기기에
알고 있는 것을 가지고
산다는 것조차 변명이더냐

진정 네 속을 속이는 거짓말이 아니면
믿는 것은 믿으며
가장 사랑한다고 고백한 말 한마디조차
헛소리가 아니었다고 대답이나 해다오

# 혼돈(Chaos)

하늘이 보이는가
마음을 봅니까
보이지 않는 것을 보인다 하니
보이는 것이 무엇이더냐
빛이 있으니 보이더냐
어둠이 있어 안보이더냐
빛이 있어도 보이지 않는 하늘이
어둠이 있어 하늘을 보았더냐
보이지 않는 어둠이 혼돈이냐
보이지 않던 빛의 혼돈이냐
어둠과 빛이 없는 것이 혼돈이더냐
혼돈 속에서 보이는 것을 찾으라
빛도 어둠도 없이 하늘을 보라
빛으로 어둠으로 마음을 보라
하늘이든 마음이던
빛으로도 볼 수 없는 것
어둠으로 볼 수 있으며 찾을 수 있었다

제4부

/

가을

# 가을의 비밀

햇볕 바래어 낙엽이더니만
서릿바람에 마르며 구른다

하늘이 맑아 별들이 앉아 놀면
보름달 밝으니 기러기가 떠나간다
앞으로 앞으로만 앞질러 떠나간다

잠자리 들지 못한 다람쥐는
솔방울 한철 물고 곳간에 들락날락
첫눈에 찍힌 제 발자국에 놀라고

야물게 통통 익어 버린 가을은
첫눈이 오면 가 버린다
앞질러 가 버린다

가을이 떠나면
어름 속에 파묻은 봄을 안고
부활의 씨앗을 심은
눈 속에 묻힌 무덤이었나

# 쉬었다 가자

마른 잎으로 떠나는데
마음 잡아 두고 풀썩 주저앉아
사랑했기 때문에 떠나는
떠나면 기다림은 더욱 길어지는데
사랑을 다 알아 버린 것조차
남기고 떠나는 가을 잎만 아니다

꽃 피었을 때 꽃잎으로 떠나더니
기러기 떠났던 하늘엔
하얀 눈이 부서져 내릴 때
마른 잎으로 벗어 던져
알몸으로 맞이하여 쉬었다 가자
하얗게 펄펄 흩날려 춤추는
얼음을 끌고 오는 바람이 뜨겁다

가진 만큼 열매로 채웠던
가을에는 더 이상 채우지 말라
채우기에 끝이 없는
바다나 하늘이 아니다
마른 잎으로 떠나는 것
더 이상 채우지 말고 쉬었다 가자

# 가을바람 2

짊어진 나이에도
불볕 오뉴월에도
머리털 마르지 않은 피는
배냇내가 진하다

어머니 젖가슴에서
늙어 가는 것이 아니라면
숫기 없는 가을바람 뜨거운
불타는 마른 잎은
아름다움이 다 떨어지고
녹아 버린 젖꼭지를 찾는다

돌아오는 시간은 빙빙 돌아서
한 바퀴가 얼마나 멀까
그 시간이 다시 오기까지
행복이나 사랑은
서릿바람에 떨어지는 것이 아니라
가슴에 묻힐 가을 벌판이 뜨겁다

모으고 채웠던 못다 한 말
하늘까지 텅 비워 털어내고
모두 다 훑어서 빗질을 한다

# 낙엽

여름 내내 채웠던 뜨거운 태양
석양을 물들인 붉은빛이다
낙엽으로 떠나기엔
아직도 청춘이던 단풍이다
갈 길도 멀지만
어디로 가는 곳도 모른다
차례대로 번호표 가졌지만
가는 길은 순서 없이
눈이 내리면 어디로든 떠난다
아직 떠나기엔 꿈을 안고
그리움으로 남은 햇볕으로
밤에 익는 색으로 부풀다가
문지방 건너면 잊어지겠지

# 열매

황금 보석을 만나 보려거든
가을을 기다려 보라

가을은 놓아 버리는 일이라
열매를 놓아 버리는 것
가진 것을 포기하는 것

사람들은 얼마나 더 기다려야
보석을 얻을까
내가 좋은데 네가 싫으면
네가 좋아하는데
내가 싫다는 그 열매는
떨어지지 않고 놓치지 않는다

열매 속에
숨겨진 비밀이 진실이고 싶다
나를 숨긴 열매가 아니라면
기다림 없는 쭉정이였다

# 여무는 시간

시간이 떨어져 나간다
사람들 곁에 바짝 붙었다가
불 일어나듯 비벼 대다가
한참 쏟아 놓고 늘어져 버린
붙잡지 못한 생각들

달라진 것은 시간이 아니다
느끼는 마음 따라 여물어
달라지던 생각들이다
그 생각 끝에 매달린 시간은
잘 익어 뚝뚝 떨어져 떠난다

그것을 주워 먹는 아이들은
꿈으로 배불러 있었다
아이들은 꿈도 시간도
익어 떨어진 희망을 찾았는데
그 시간 떠나도 부푼 꿈만 남아 있었다

# 가을 줍기

서리 앉은 국화꽃에
단풍잎이 떨어지면
가을을 주워 담는다

잘 익은 가을이라 빨갛고 노랗고
단물로 햇볕이 몽땅 들어 있다

주워 담지 못한 가을은
펄펄 끓는 열병을 앓더니
겨우내 얼음찜질로 식힌다

가을을 주워 담지 못한 것
겨울이 그렇게 추울 줄 알겠다

수북이 주워 담은 가을은
새봄에 단비 되어 뿌려 줄 거다

# 찢어진 하루

온전한 시간이 하루도 없을까
비 오는 날은 젖어야 하고
바람 오는 날은 바람도 피하지 못해
찢어진 신문같이 배달되면 글자들이 부서져서
반 토막도 알 수 없었다

하루 8만 6천 4백 초 온전하게 한 조각도
부서지지 않으려고
한 치 앞도 모르는 순간으로 맞물려 있다

오늘 하루 이만하면 은총이다
아프면 아픈 대로 찢어지면 찢어진 대로
흔들이면 흔들리는 대로 감사하자
단 1초도 내 것 아닌 온전한 날 없으니
생긴 대로 변하는 대로 맡기고 가자
단 몇 초 짜릿한 순간을 위해
물불 못 가릴 때 정신 차리며 가자

좋아도 싫어도 찢어지는 하루로 묻혀
남루한 시간으로 떠나는 나그네
얼룩진 하루 산산이 부서지지 않은
죽는 날까지 같은 길 함께 가는 동반자다

# 계량기

숙자 가리킨 얼굴 다르게
말없이 알려 주는 표정이 보인다
온도나 습도만 보고 날씨를
무게나 크기를 보고 성질을
시계 보며 밤낮 시간을 읽는다

얼굴에 가리킨 숙자 읽어도
믿을 만한 좋아하던 숙자로
얼마큼 가리킨 만능 계량기에
못하는 것도 안 하는 것도
의지대로 마음대로 빛나가 있었다

어느 날 계량기가 기울어져
제자리로 우뚝 돌아온다는 것이나
쓰러져 버린다는 보증서도 없다
확실한 방법이라면
네 가지고 있는 계량기는 내가
내 가지고 있는 계량기는 네가
같이 품고 아끼며 살아가는 것이다

그렇게 할 수 있다고 약속하면
계량기에 나타나 있는 숙자로
지치지 않고 사랑하다 끝까지 지켜 보련다

# 터진 소리(Howling)

달을 보고 짖는 여우야
임자 없어 우는 늑대야
끼니 걸러 우는 것이냐
달마중하던 반가움이냐

달 속에 보이는 토끼더냐
저 달에 그리운 임이더냐
불러 보며 울어 보며 짖어 대어
눌림으로 터져 나온 소리더냐

달덩이 차갑게 높이높이
멀리 왔다 떠나는데 떠나지 말라
살아생전 눈빛 고여 있는 동안
찾아본다 불러 본다, 섧은 노래로

# 하늘 우러러

하늘 채우는 것 구름이요
마음 채우는 것은 욕심이라
서러움 무거워 쏟아지는 눈물이요
배불러 무거워서 날지 못하는 자유가
더 채우지 못하여 불평불만이다

어느 쪽으로 방향도 없는데
어느 쪽으로 일으켜 세우지 않아도
이 세상 다스리는 기운이
가슴으로 가득가득 채워도
하늘처럼 텅텅 비워야 한다

하늘 우러러보면
알 수 없는 기운 뻗치는
가슴 가득 채운 것 버리고
가볍게 훌훌 날아가고 싶다

# 금식

새로운 도전의 결단은
삭발도 금식도 싸움터라
약해 빠진 영육에 새 힘을 얻기까지
죽기 아니면 싸워서 이겨야 한다

3일 작정 5일 작정 40일 작정이든
회복하고자 결단한 염원은
생수로 채우고 태우며 견디는 것보다

허기질 때 먹고 싶은 밥상을
맛있는 요리를 눈앞에 두고
군침만 엄마 젖 빨듯 삼키고 삼킨다
군침만 먹어도 피곤치 않으며
시들던 영혼이 강하고 단단히 구워진다

정한 날짜 작정하고 시작하는
새롭게 결심한 기적의 변화는
사탄*의 유혹과 시험을 이겼을 때
하늘과 땅의 기쁨과 찬양이 가득한
깊은 맛으로 회복되었다

* 사탄(Satan) : 영적으로 대항하는 악령, 귀신, 마귀, 악마라 한다.

# 생수로 구워 낸 나이

태초에도 있었던 60년 전
어머니 아버지가 만나던 날
어머니는 어머니 체온보다
두 배나 뜨거운 73도* 불가마로
280일 동안 온전하게 구워진 나를 만들었나

잘 구워진 대로 60년 환갑을 맞아
날 궂을 때마다 뼈마디 쑤시면
찜질방에서 몸뚱이 벌겋게 달구어
진땀 쏟는 대로 생수 마시며 또 구웠다

생수를 생수로 불을 지피면
첫째 날 36.5도에서
둘째 날 48도 오르고
셋째 날 60도에 벌겋고
넷째 날 70도에 마르며
다섯째 날 79도에 불꽃이 피어
여섯째 날 88도에 구워졌으니
남은 생명 또한 88세 수명이 될 것이다

어머니가 구워 준 73년은

환갑부터 13년 남은 것 늙고 삭았는데

생수로 구워 낸 6일 금식은 88세라

생수도 없는 6일 단식은 99세로 구워 보자


\* 73도 : 어머니와 나의 체온(36.5° + 36.5°의 수명 73년)

\* 48° 60° 70° 88° 특이한 감성 온도 나이다.

# 된서리

가을에 기다리는 것
시퍼렇게 날 선 바람 같으나
하얀 입김으로 오는 겨울이 아니라
주먹 쥔 이파리 무겁게 떨구는
목숨 놓아 버리는 일

생채기 말리던 살찐 햇살 비집고
떠나는 날갯짓이
찬 서리가 뜨거워 나뭇잎이 탄다
성글게 타들어 멍든다
아니다, 머리 풀고 곡하는 일이다

봄부터 겨울까지 먼 길로 왔던
얼음 조각 찌르듯 뜨거울 줄 모르던
얼굴에도 가슴에도 시리고 아프다

# 그리운 고향

그나마 볼 수 있는 것은
마음에 남아 있는 것이 사랑
왜
하늘일까

얻어도 아프고 잃어도 아픈
목소리로 새어 나온 신음은 흙의 아픔이요
한숨으로 묻어나는 통증은 가슴속의 상처라

찡그린 얼굴 감추려
푸르디푸른 하늘 우러러
뜨거운 눈물 한 덩이 고이면
상처 씻어 낸 후련한 생기 차오른
하늘 가득히 채우던
별빛 달빛 햇빛보다
얻고 잃은 물(水)일까 불(火)일까

더 강한 눈빛으로 바라보는 너의 얼굴

# 알래스카 아리랑
－전통민요 아리랑 가락에 맞추어


아리랑 아리랑 천년만년 아리랑
알래스카 맑고 고운 내 사랑 아리랑

눈이 오네 눈이 오네 함박꽃이 내리네
그리운 고향 산천으로 수북수북 쌓이네

알래스카 얼음 땅에 심어 놓은 아리랑은
만년설로 쌓이는 고향 생각 절로 난다

긴긴 밤 북두칠성 푯대를 바라보면은
고향 가는 길 저만큼 있다 하여라

꽃이 피네 꽃이 피었네 부푼 가슴에
젊은 청춘 아까워서 물망초*로 피었네

살다 보니 한숨이요 가다 보니 먼 길이라
여기가 끝이더냐 고향으로 찾아가자

구름아 설움아 눈물로 흘러 흘러서
데날리* 만년설 생명수로 취해 보자

천리만리 왔구나 멀리멀리 왔구나
황금 찾아 왔더냐 임 따라 왔더라

새벽에 눈 비비고 해 지면 눈물 훔쳐
젖어 있는 노랫가락 한숨 되어 불러 본다

(후렴) 아리랑 아리랑 천리만리 아리랑
　　　아리랑 내 사랑 알래스카 아리랑

* 물망초 : 알래스카주 꽃. (꽃말 : 나를 잊지 말아요)
* 데날리(Denali) : 원주민 인디언 언어로 〈가장 위대한 산, 거대한 산〉이란 뜻
　이다. 북미 대륙에서 만년설 최고봉인 북위 63도에 위치한 알래스카 중앙 평
　원에 자리 잡아 있는 데날리 국립공원(Denali National Park and Preserve)
　은 거의 9.5m²의 면적에, 해발 6194m(20237ft)이다. 1917년 2월 26일 멕켄리
　봉(Mt. Mckinley : 오하이주 출신 25대 대통령) 개명되었으나, 원래 이름인
　Denali로 1980년에 명명되었다가 데날리와 멕켄리로 명칭 사용을 2015년 8
　월 28일 오바마 44대 대통령 서명으로 데날리로 정식 개명되었다. 가장 추운
　시기는 11월부터 다음해 4월까지다.

# 오로라(Aurora)

어둠이 깊어야 새벽이 오며
구덩이 깊어야 물이 모이고
하늘이 깊어야 빛이 밝으며
마음이 깊어야 진심이라
진심이 깊으면 사랑을 베푼다

사랑이 깊으면 물 같은 불이요
물속에 심지 박은
불이 하늘에서 일어나면
곤하고 탁한 혼령이 풀어지고
잠든 영혼 깨어나 타오르는 불꽃놀이

# 도적 같은 세상

남방 북방 만년빙이 더위 먹어 병들고
강물 막아 가두니 퍼렇게 멍들고
바다에 버린 오물 벌겋게 썩어 나는데
드높은 하늘은 맑고 청청하구나

들이마시고 뱉어 내는 것은 생독이며
눈으로 흘기는 것은 빼앗는 것이고
송곳니로 물어뜯으면 피비린내요
가슴이 메마른 모래밭은 발바닥만 뜨겁다

병들고 멍들고 썩어나도
물고 비틀고 먹히고 배부르게 취해서
밤하늘만 바라보며 사막을 달려도
원수들이 똥밭에 뒹굴어도 굿판이다

# 상념

그동안 이래저래 무정 세월이던가
내일도 이럭저럭 별일 없을 것이라

하늘에 뭉게구름 이리저리 떠가는데
이내 가슴 요리조리 단내가 무럭무럭

할 수 없이 왔다 갔다 찾아간
고갯길이 여기던가 저기던가 편하게 쉬어 가자

제5부

/

겨
울

# 겨울 꽃밭

벌판 가득 눈부시게 쌓인
숫기 없는 꽃들이 바람에 누워
일어나는 법과
솟아나는 법은 빛이 난다

희망의 값어치는 하늘 힘이라
소원으로 펼쳐 놓은 천사들이
포근하게 잠들었던 꽃밭에
사람들이 짓이겨 버린
상처 난 영혼을 하얗게 덮어
또 한 해를 숫자 더하기로 묻어 버린다

하늘이 하얀 꽃으로 내렸던
깊은 밤에 숙제를 풀지 못해
찬바람으로 떠난 꿈은 시들지 않았다

약속한 땅에
바람꽃으로 피었던 끝없는 꽃밭은
짓이긴 세월의 흔적만 새겨 있었다

# 겨울 벌레

질긴 바람 무겁게 뭉친 동지섣달
땅속에 얼어붙어 굴러갈 줄 모르니
오뉴월에도 다 녹고 부서지려면
꽃은 이미 비켜 왔다가 가 버렸다
떠날 줄 모르는 햇살 멈추고
부서진 얼음물은 옥빛이라
연어 떼 고향 찾아오는 강가에
살찐 가을을 잡아 놓고
붉은 살점 뜯어먹는 해거름은
뜨거운 구름밭을 다듬질한다
북쪽 끝에 질긴 바람
마중 나온 오로라가
회오리 불꽃으로 일어나
그 속으로 모여드는 혼령들이
살풀이와 속풀이 털고 나면
북극 바람은 산봉우리로 부풀어 얼어 버린다
오로라 춤추던 하늘가에
검은 바람 건너가서
태양을 묻어 버린 어둠은
깊은 밤 가득 함박눈 무덤으로 쌓아 놓았다

# 얼음 땅 초원

숨 멈춘 듯이
억만년 죽지 않는
얼음 속 생명수 찾아간 혼령들
다시 살아 돌아오기를 기다린다

얼음이 녹아 내리던
흙 속에서 부풀이는 아픈 소리
살아서 돌아오는 것이 풀밭이더냐

날카로운 쪽빛은 어둠을 뚫고
굳어 버린 땅 덩어리 녹이며
눈물로 절인 주름진 꽃이 피어난다

# 얼음집(Igloo)

추워도 추워도 추운 줄 모르던
고래고기 생 기름 절인 냄새
한겨울 얼음 속 녹이는 체온은
태양을 감춘 가슴속 품안이 뜨겁다

3월이면 태양이 새싹처럼 뾰족 돋아
얼어서 잠들어 버린 바다가
백 센티보다 더 두꺼운 얼음이 쩍쩍 갈라져
마를 줄 모르는 진흙이 내밀면
심장 벌렁벌렁 북소리로 들린다

땅이나 바다에 울타리 없는 주인들이
꾸미지 않는 세상 그대로 어울려
먼바다 응시한 터전은 고래를 찾았고
풀빛이 번지면 꽃사슴 몰이나
강에서 건져 올린 연어 떼가
손과 얼굴에서 싱싱한 비릿내 쌓은 만큼
얼음 쌓아 벌판으로 누볐다

얼음 바다에서 푸른 풀밭으로 붉은 피 쫓아
한 달이나 굶주린 백곰보다 더 헐떡거린다

11월 태양이 남쪽으로 쏘옥 빠지면
추워도 추운 것은 벌판 덮은 얼음이 아니다
마른 눈물로 얼룩진
쪽빛이 무겁고 어두운 그물에 갇힌
네 눈빛이 더 추워 보인다

# 하나 더

아침마다 밝은 것을
찾아서 챙겨야 했어요
하나 더 알아야 했어요

하나 더 하나 더
하나 더 하다가 원하고 바라던 것
저녁이면 무거운 것 버려야 했어요

아까운 것 버리지 못하면
나누어야 했어요
좋은 것 하나 더
나누고 베풀지 못하여
하나 더 썩어서 버려야 했어요

나의 소중한 존재를 알기까지
하나 더 찾아야 하고
못난 것 버리지 못하는
하나 더 잘난 나를 알아서
하나 더 악한 나를 숨겨야 했어요

그런데 당신은 당신이 아니라고
나는 내가 아니라고 하나도, 하나도
죽은 듯이 모르고 있었을까

# 부서지는 시간

온전한 시간을 지키려
있는 힘을 다하여도
시간마다 쓰디쓰고 시큼새콤달콤하다

소중한 하루가 부서진다고
비켜서거나 피하지 않아도
붙잡지 못하여
틈새로 비집고 빠져나간다

부서진 하루는
부서진 시간이 얼마 만큼인가
헤아릴 수 있다면
온전한 마음 몇십 년 지나서야
새겨진 추억으로 모여진다

오늘 하루도
부서지는 시간은 망각이고
남겨지는 시간은 조각이고
다가오는 시간은 생각이고
기다리는 시간은 감각으로
다가서는 세월은 끝이 없다

# 눈 오는 날 1

하늘도 무거운 구름이 쏟아져
부서지는 숫자로 펑펑 내린다
머리털 하얗게 내려앉아
소리 없이 하염없이 쌓여 간다

보이던 길 흔적 없이 덮어 버리니
오던 길 가던 길을 잃어버리고
길 찾아 나섰다가
다시 다른 길을 묻고 있었다

하늘이 머리 위에 쌓였는데
보이는 길은 하늘 위에 있었다

# 눈 오는 날 2

긴긴 어둠 뜯기는 통증은
가슴 뚫고 하늘 뜯어 쏟아지는
파편들이 무덤에 쌓이며
포박한 나를 죽여라
멍들은 나를 이겨라
이것도 아니면 참아라

쌓였던 파편들이 녹으면
하늘땅이 알고 있었던
죽은 것이 아닌
이긴 것도 아닌
참았던 것만 드러나 보일 때

눈이 내리는 날
채우던 욕심 버리려 내려놓은
한 세상 헐뜯던 가슴이 터친
뜨거운 숨소리는 혼불이었다

# 초대장

모이는 자리 잔치마당에
흥겨운 마음 축복이 가득한
빈말로 던지는 '너 올래?'

초대받지 않고 예약 없는
빈말이라도 발끈하여
응급실로 실려 가고
장의사에서 부르던 부르면
손사래 친다

부름에 초대 받지 않아도
모이는 자리 피하지 말고
어울려 찾아뵙고 만나 보자
끝까지 기다려 주는 사람
불러 모아 뒤풀이 속풀이로
잔치마당 신명 나게 노래하며 춤추자

# 나그넷길

먼 길로 찾아온 여기에
첫발을 내딛으며
빤한 하늘을 보았다
무거운 보따리 부려 놓고서
또다시 찬란한 별을 보았다

여기에 하늘과 별은
저쪽에서도 같을진데
이 길 따라도
가는 길은 멀리 있고
오는 길도 정처 없는
바로 이 시간까지

나그네 되어
나그네처럼 이 길로만
목마르며 땀 흘리며
걸어왔던 길

결코 후회는 없다
뛰자 저 낙원을 향해
쉬자 저기 내 고향 땅에서

# 침묵의 계절

겨울은
에덴동산에
죄 없다 한 알몸같이
수의처럼 덮어 주는 하얀 눈으로
죽음을 싸고 있는 죄를 감추나

아직도 살아 있는 체온에 녹아
끝까지 부정하는
사랑도 미움도 눈물로 흘려
꽁꽁 얼다 녹아내리는 용서가 있고

겨울은 에덴동산에서
알몸으로 살다 가는
한 사람의 의인을 찾으나

모두가 겹겹이 감추는
알몸 하나와
사랑 하나와
주검 하나로
씨름하다 떠나는
침묵의 계절이더라

# 에스키모의 축제

북극에서 내려오는 마른 바람이
눈 감아 버리는 긴긴 겨울 한철
하늘도 바다도 잠든 듯이 얼어 버리면

초복이 지나서야
바다는 겨울잠에서 깨어나
파도 타고 신이 나는 춤을 춘다

한여름의 태양은
온종일 버티어 식은땀 흘리고
밤낮 구별 못하는 졸린 눈 비비며
축제의 사냥 사슴 고래를 잡는다

매운 바람 마른 추위를 씹어
이빨이 빠져 버린 합죽이 웃음은
밀려오는 현대 문명으로
얼음장 속에서 부패하는 이방인의 선물

알래스카 땅끝 불모의 대지는
에스키모의 가쁜 숨소리조차
하늘의 축제를 지키려고 애쓴다

# 겨울 냄새

북극 바람이 분노하던 날
기다리는 봄바람은 생채기하고
쪽빛 구름이 행복하던 날
상처 난 딱지로 아물고 있었다

서리 별들이 슬퍼하던 날
겨울 냄새가 하얗게 펄펄 퍼진다
코끝 달아오른 멍든 동백꽃이
차가운 냄새는 뜨거워도 녹지 않는다

뜨겁다던 꽃술이 식어 버리면
상처 감춘 상큼한 얼음 냄새
하늘에서 반짝이며 내리던 생수 맛이
달콤한 겨울 냄새로 쌓여
봄날을 바쁘게 기다려진다

# 10년 전

세상이 멈추지 않아
잃어버린 10년 전이냐
다시 찾아본 10년 후 일이냐
얼마만큼 10년 차이 앞서 가고
뒤로 처진 거리만 있었다

새로운 것이 남아 있지 않은
새로운 것으로 기억하는 10년 전
젊은 것만 아쉬워하며
10년 후 젊은 것으로 찾아야 한다

10년 전 오늘을 기억하며
지나간 것 잃은 후 후회하지만
10년 전 젊은 사진을 챙겨 본다

10년 후, 바로 눈앞에 있지만
10년 후, 믿을 수 있는 것을
보이지 않아 기다리고 있을 뿐인가

# 끝에는

떠난 자리엔 시작하는 것이 있고
남아 있는 것이 있다

나무 끝에 싹이 나고 꽃이 피고
열매 맺혀 떠나면
바람 소리만 걸려 있듯

삶의 끝에 매달린 초침 끝으로
꿈도 있고 사랑이 있고
이별이 있어 추억과 미련과 그리움 있듯

사람과 사람 사이 마주치는 눈빛 사이
사람의 마음 끝에는 무엇이 있을까
마음 놓아 버린 끝은 빈 하늘
그곳을 우러러 뚫어지게 올려 보면서
눈 시린 빛을 피하고

보이지 않는 마음을 모르고
그 끝을 모르며 모른다면
속이나 편한 무관심밖에 없을까

# 끝에 걸린 꿈

모래 한 알 뱉어 내지 못해
상처 안은 껍질 속 진주는
캄캄한 밤에 별이 보인다며
별 같은 꿈을 채운다

숨이 멎은 곳은 어두운 곳이라
깊은 꿈속에서 별을 만들어 본다

칠흑 속에서 찾았던 별은
낮에는 보석으로
빈 껍데기에 숨어
씨앗으로 묻힌 것이라

눈 감으면 꿈처럼 또 보여도
새벽마다 벌떡 일어나
깨우는 것이 끝에 걸린 꿈이었구나

# 꽃상여

소리꾼이 저승길로 노래한다
아냐~아 아~냐~아
죽었어도 모르고 살았어도 모르던
아느냐 이건 아니야 같은
가슴으로 저미는 늘어진 말이다

어깨에 걸친 소리 가볍게 메고
망자 배웅하는 혼불로 화답하는
상여꾼 발걸음도 늘어진 채
세상으로 태어날 때 울었지만
떠날 때는 웃으며 한(恨)이라 부르리

이 땅으로 살았다는 이유라면
저승에는 꽃도 노래도 없다 하여
북치고 거문고 뜯어 놓고
하늘에 있는 비밀의 꽃이라고
못다 핀 꽃으로 놓고 가는
산 자의 명복이 향으로 피어나리까

# 삼가 고인의 명복을 빕니다

부고장 받은 문상객은
저승에서 받을 명복은 눈물밖에 더 없는데
신은 죽지도 않고 산제사를 받는다

신에게 배알하기 위해서
초대장을 받아야 하고
신에게 축복 받기 위해서
청첩장으로 모셔야 하는 말

내가 죽었을 때 신이 받은 부고장은
죽은 나를 위해 명복을 빌며 제사 지낸다
먼동이 차오르면 이불 걷어차 일어난
신 같은 내가 죽었다고
신이 나에게 삼가 명복을 빌고 있다

눈물로 젖은 영혼은 햇살이 눈부시다
신으로 받은 명복은 놀라운 은총
온종일 살아 있으니 감사합니다
이 세상에 특별한 신의 축복이었다
삼가 고인의 명복을 빕니다

해설

/

개성적 감각 개성적 표현

# 개성적 감각 개성적 표현

## 정성수
### (한국문인협회 시분과 회장)

　서용덕 시인의 시는 사물을 바라보는 개성적인 감각이 빛
난다. 그 개성적 감각을 서용덕 시인 특유의 색다른 육성과
몸짓으로 표현하고 있다. 그의 시를 한 편 두 편 읽다 보면
마치 저 눈부신 초원을 내달리는 들소의 거칠고 힘찬 숨소
리를 듣고 있는 것 같다.

　일종의 야성미라고 할까. 그야말로 가공되지 않은 순수
의 표정이 아름답다. 그래서 그의 시는 낯설고 신선하다.
그 어떤 시의 풍경에도 오염되지 않은 자신만의 새로운 모
습을 작품 속에 하나하나 조각해 내고 있기 때문이다. 이
것은 서용덕 시인이 지니고 있는 가장 큰 시적 자산이 아닐
수 없다.

다음 시를 살펴보자.

골 깊은 물결에 잠겨 버린
숫자 다 모으고
이마에 놓쳐 버린 세월도
잔주름으로 모으고
떠밀려오는 시간도 모았던
가장 낮은 곳이 가장 넓은 가슴이라
그곳에 모든 호흡이 다 모였다

세월이 그렇게 흐르듯 모여
바다가 가장 낮아 넓어진 것이
세월 짊어진 주름살 무거운 만큼
곱게 다듬고 싶은 파도가
힘센 바람을 안아 버티고 있다

뜨거운 눈물 한 방울 녹아내리면
강물로 모이던 바다가
주름살 마른 눈동자 적신 가슴으로
바람 부는 대로 끝없이 살아서 있다
_「노인과 바다」 전문

'노인'의 시선으로 바라보는 '바다'는 젊은이의 시선으로 바라보는 '바다'와 다르다. 노인이 바라보는 바다는 '골 깊은 물결에 잠겨 버린/숫자 다 모으고/이마에 놓쳐 버린 세월도/잔주름으로 모으고/떠밀려오는 시간도 모았던/가장 낮'고 '가장 넓은 가슴'을 지닌 바다이다.

그야말로 '모든 호흡이 다 모인' 곳이다. 가장 낮으면서도 가장 넓은 가슴을 지니고, 그리하여 시간의 역사와 함께 이 세상의 슬프고 기쁜 모든 숨결이 다 모인 거대한 포옹의 공간, 즉 겸허와 포용력을 겸비한 작은 우주이다.

그 바다는 '힘이 센 바람을 안고 버티고 있다. '바람'에 의해 쓰러지지 않고 절망하지 않고 바람과 싸우며, 즉 세상 풍파와 당당하게 싸우며 버티고 서 있는 거대한 의지적 존재이다. 그것은 다시 말하면 위대한 인간 승리이다. '바람 부는 대로 끝없이 살아서 있'는 불사조의 투쟁 기록이 아닐 수 없다.

다음 시를 살펴보자.

넓고 좁은 거리거리마다
얼굴들이 빛난다

시장통에 머리들이 아우성이다
입을거리 먹을거리
읽을거리 쓸거리 생각할 거리

어느 곳이나 거리를 보면서 배우며 채울 거리다
거리에서 걸어가는 머리들이(首)
걸어가는 착(辶)으로 길(道)을 만들고
거리거리에서 사람들이 도를 닦는다

거리거리에서 소리를 듣는다
우는 소리 웃는 소리 노랫소리
나팔소리 종소리 천둥소리
새소리 바람 소리 발걸음 소리
이 소리로 눈에 익은 거리는 가깝지만
처음 가 보는 거리는
길이 참 멀기도 하다
걸어온 만큼 그만큼
_「거리와 소리」 전문

　사람이 모여 사는 사회, 그 속의 다의적 '거리'에 대한 시
적 보고서다. '시장통에(서) 머리들이 아우성'을 치고 있다.
'입을거리 먹을거리/읽을거리 쓸거리 생각할 거리' 등 인간
이 한세상 살면서 해야 할 각종 '거리'는 얼마나 많은가.

　그 각종 '거리'가 2연에서는 사람들이 살아가는 행위배
경으로서의 '길거리'로 탈바꿈한다. 동음이의어를 활용한
시의 의미와 폭의 확장, 그에 따른 새로운 착상이자 시적 전
개의 비약을 위한 일종의 기교 장치이다.

　'거리거리에서 사람들이 길을 닦는다'. 즉 사람들은 사회

속에서 자신이 가야 할 생의 길을 창조하며 앞으로 나아가는 것이다. 그것은 하나의 가치관일 수도 있고 상호보완일 수도 있고 인류 공동운명의 보편적 행위일 수도 있다.

3연에서는 시적 화자가 한세상을 살아가면서 사람들이 '우는 소리 웃는 소리 노랫소리/나팔소리 종소리 천둥소리/새소리 바람 소리 발걸음 소리'를 듣는다. 그야말로 인간이 한평생 마주칠 수 있는 총체적 상황이다. 그 가운데서 시적 화자는 때로는 익숙하게, 때로는 낯설게 느껴지는 삶을 영위하게 된다.

다음 시를 살펴보자.

기억 속에 생각나는 것을
꼭꼭 씹어 삼키던 말
씹다가 우 웨 엑 뱉어 버리는 말
그걸 주워 씻어 보았다

맛이 쓰디쓴 소리
그 소리를 다듬어서
노랫가락으로 흥얼흥얼 내지르면
맺힌 속이 후련하련만

숨길 수 없는 무거운 비밀이
뱉어 내지 못하는 가슴에
모르는 것 알려고 살아온 것이
얼마나 많은 앙금으로 감추어 있을까

모르는 것 알았더니
아는 만큼 말 못할 사정일 줄이야
그 누가 믿어 줄까
_「숨기는 말」 전문


추억은 아름답거나 혹은 고통스럽다. 「숨기는 말」은 그
고통에 대한 변주이다. '맛이 쓰디쓴 소리/그 소리를 다듬
어서/노랫가락으로 홍얼홍얼 내지르면/맺힌 속이 후련하
건만' 추억 속에는 '숨길 수 없는 무거운 비밀'도 섞여 있다.
숨겨진 '비밀'의 정체는 그 누구에게도 '말 못할 사정'이
다. 과거 속에는 그렇게 잘 기억하고 있는 것과 기억하지
못했던 비밀도 함께 공존하고 있는 것이다.
그것이 우리들 추억의 실체, 즉 인생의 실체이다. 시를 풀
어 나가는 과정과 표현이 조금씩 휘어져 애돌아 나가는 것
이 시적 감칠맛을 더해 준다.
다음 시를 살펴보자.


살펴보고 살펴보아도
잃어버린 것이 있고 놓아 버린 것이 있다

벽보와 전봇대 그리고 우편함에도
찾습니다 급구합니다
잃어버린 소유물도 많고
주인 찾는 물건들이 많다

기억력이 껌박깜박 부서지고
흩어진 시간에는
앞을 볼 수 없는 안경을 잃어
손과 마음에서 놓아 버린 것들

열쇠 꾸러미나 강아지마저
도둑맞은 것처럼 없어졌을 때
내가 나를 잃어버릴 때
외롭고 힘들고 아프고 방황할 때
날 찾아 주었던 전지전능은

살펴보고 살펴보아도
잃어버린 나를 찾았던
목마르게 갈급한 하나님의 사랑이었다
　_「잃어버린 나」 전문

　시적 화자에 대한 '하나님의 사랑'과 하나님에 대한 '시적 화자의 사랑' 노래이다. 다시 말하면 하나님의 구원에 대한 고백이다.

　'살펴보고 살펴보아도/잃어버린 것이 있고 놓아 버린 것이 있다'. 살아가면서 어떤 것은 자신도 모르게 '잃어버리고' 또 어떤 것은 스스로 '놓아 버린' 것도 있다. 2연, '깜박깜박 기억력이 부서지고/흩어진 시간에는/앞을 볼 수 없는 안경을 잃어/손에서 마음에서 놓아 버린 것들'은 좋은 시구이다.

시적 화자가 '나를 잃어버릴 때/외롭고 힘들고 아프고 방황할 때/날 찾아 주었던 전지전능'은 바로 '하나님의 사랑'이다. 하나님에 대한 진술이 조금도 상투적인 느낌이 들지 않는 것은 시적 표현에 뜨거운 진정성이 서려 있기 때문이다.

다음 시를 살펴보자.

굽은 허리 펴지 못하고
무르팍이 절름거려
지팡이 의지하고 걷는다

강한 다릿심도 등뼈 곧은 굵은 힘도
세월에 덧나 버린 신경 줄이
거미집같이 삭아 내려앉는다

세상을 허리뼈로 부려 먹고 살았던
장판지가 불끈불끈 걸었던 길에
쓰러지지 않으려
남은 힘을 지팡이 짚고 걷는다

어둠 속에 묻혀 있는 길에도
홀로 가는 길이라 하여
그 길 끝에는

내 편한 집이 있다고 걷는다

보이지 않는 길을
지팡이 끝으로 빛을 찾는다
빛을 잃은 눈이 지팡이로 더듬어도
무엇인가 잃어버린 것을 또 찾는다
　　　　　　　－「지팡이 짚고」 전문


　시적 화자는 '굽은 허리 펴지 못하고/무르팍이 절름거
려/지팡이 의지하고 걷는다'. '세상을 허리뼈로 부려 먹고
살았던' 탓이다. 이 풍진세상 그렇게 어렵고 힘들게 살아왔
다. 적어도 6.25세대가 겪어 온 한반도의 현대사는 참으로
힘든 고난과 극복의 연속이었다.

　대부분의 사람들이 요즘 젊은이들은 상상도 할 수 없는
수많은 역경과 고난 속에서 눈물겨운 생애를 이끌어 왔다
고 해도 과언이 아니다. 그리하여 시적 화자는 '보이지 않
는 길을/지팡이 빛으로 빛을 찾'으며 걸어왔다. 힘든 육신
과 영혼을 하나의 지팡이에 의지하고 그 빛으로 삶에 대한
새로운 희망과 용기를 찾아내는 것이다.

　'빛을 잃은 눈이 지팡이로 더듬어도/또 무엇인가 잃어버
린 것을 찾는' 일, 이것이 우리들 삶의 길이다. 지팡이가 지
닌 상징성이 호소력 있는 리얼리티를 거느리고 다가온다.

　다음 시를 살펴보자.

사무치는 그리움이 높이 떠오르면
이슬 젖은 달빛이 창문으로 넘어와
잠 못 드는 어두운 마음 밝혀 주고
이 밤을 통째로 들고 서서 기다리다
어둠마저 놓아 버린 밤은 잠들었나

새벽까지 달빛이 늙어 가고
남겨 두고 간 희미한 그리움이
너의 모습 하나 가득 깨어나

어둠이 잠긴 것 달이 늙었기 때문이고
사랑이 넘친 것 기다림이 쌓인 것이요
눈물이 없는 것 설움이 마른 탓이었다
_「보름달」 전문


아름다운 서정시다. 달이 떠오르는 것을 '사무치는 그리움이 높이 떠오르면'이라고 표현한 것은 개성적이고 좋은 구절이다. '이 밤을 통째로 들고 서서 기다리다/어둠마저 놓은 깊은 밤은 잠들었다'도 역시 빛나는 구절이다.

3연, '어둠이 잠긴 것은 달이 늙었기 때문이고/사랑이 넘친 것은 기다림이 쌓인 것/눈물이 없는 것은 설움이 마른 탓이었다'도 좋은 표현이 아닐 수 없다. 전체적으로 '그리움'의 정서가 잘 녹아 있다.

다음 시를 살펴보자.

　　서리 앉은 국화꽃에
　　단풍잎이 떨어지면
　　가을을 주워 담는다

　　잘 익은 가을이라 빨갛고 노랗고
　　단물로 햇볕이 몽땅 들어 있다

　　주워 담지 못한 가을은
　　펄펄 끓는 열병을 앓더니
　　겨우내 얼음찜질로 식힌다

　　가을을 주워 담지 못한 것
　　겨울이 그렇게 추울 줄 알겠다

　　수북이 주워 담은 가을은
　　새봄에 단비 되어 뿌려 줄 거다
　　_「가을 줍기」 전문

　1연 3행의 '가을을 주워 담는다'는 표현이 좋다. '잘 익은 가을이라 빨갛고 노랗고/단물로 햇볕이 몽땅 들어 있다'도 좋은 표현이다. 마지막 연, '수북이 주워 담은 가을은/새봄에 단비 되어 뿌려 줄 거다'도 상상력의 적절한 비

약으로서 손색이 없다. 동시적 발상으로 창조한 따뜻한 소품이다.

아리랑 아리랑 천년만년 아리랑
알래스카 맑고 고운 내 사랑 아리랑

눈이 오네 눈이 오네 함박꽃이 내리네
그리운 고향 산천으로 수북수북 쌓이네

알래스카 얼음 땅에 심어 놓은 아리랑은
만년설로 쌓이는 고향 생각 절로 난다

긴긴 밤 북두칠성 푯대를 바라보면은
고향 가는 길 저만큼 있다 하여라

꽃이 피네 꽃이 피었네 부푼 가슴에
젊은 청춘 아까워서 물망초*로 피었네

살다 보니 한숨이요 가다 보니 먼 길이라
여기가 끝이더냐 고향으로 찾아가자

구름아 설움아 눈물로 흘러 흘러서
데날리* 만년설 생명수로 취해 보자

천리만리 왔구나 멀리멀리 왔구나

황금 찾아 왔더냐 임 따라 왔더라


새벽에 눈 비비고 해 지면 눈물 훔쳐

젖어 있는 노랫가락 한숨 되어 불러 본다


(후렴) 아리랑 아리랑 천리만리 아리랑

아리랑 내 사랑 알래스카 아리랑


* 물망초 : 알래스카주 꽃. (꽃말 : 나를 잊지 말아요)
* 데날리(Denali) : 원주민 인디언 언어로 〈가장 위대한 산, 거대한 산〉이란
  뜻이다. 북미 대륙에서 만년설 최고봉인 북위 63도 위치한 알래스카 중
  앙 평원에 자리 잡아 있는 데날리 국립공원(Denali National Park and
  Preserve)은 거의 9.5㎡의 면적에, 해발 6194m(20237ft)이다. 1917년 2월
  26일 멕켄리 봉(Mt. Mckinley : 오하이주 출신 25대 대통령) 개명되었으
  나, 원래 이름인 Denali로 1980년에 명명되었다가 데말리와 멕켄리로 명
  칭 사용을 2015년 8월 28일 오바마 44대 대통령 서명으로 데날리로 정
  식 개명되었다. 가장 추운 시기는 11월부터 다음해 4월까지다.

  _「알래스카 아리랑」 전문


　조국을 떠나 타국에서 살고 있는 시적 화자의 고향에 대
한 그리움이 짙은 페이소스와 함께 뜨겁다. 대한민국의 전
통가요인 '아리랑'을 시적 화자가 살고 있는 '알래스카'에
대입시켜 두 나라가 하나의 노래로 합성, 오버랩됨으로써
극적인 상승효과를 거두고 있다.

　문자 그대로 시 전편이 독자의 심금을 울린다. 8연의 '천
리만리 왔구나 멀리멀리 왔구나/황금 찾아 왔더냐 임 따라

왔더라'에서 보여 주듯 사랑하는 사람을 따라 머나먼 이
국 타향으로 이민을 간 시적 화자의 사랑과 향수가 절절하다.

마지막 연, '새벽에 눈 비비고 해 지면 눈물 훔쳐/젖어 있
는 노랫가락 한숨 되어 불러 본다'는 표현은 아리랑의 슬
픈 곡조와 함께 하나의 생명체처럼 푸르게 살아 움직인다.

후렴은 떠나온 조국에 대한 그리움과 함께 '알래스카'에
대한 사랑도 깊이 스며 있어서 그 서럽도록 아름다운 비애
감은 절정을 이룬다.

다음 시를 살펴보자.

아침마다 밝은 것을
찾아서 챙겨야 했어요
하나 더 알아야 했어요

하나 더 하나 더
하나 더 하다가 원하고 바라던 것
저녁이면 무거운 것 버려야 했어요

아까운 것 버리지 못하면
나누어야 했어요
좋은 것 하나 더
나누고 베풀지 못하여
하나 더 썩어서 버려야 했어요

나의 소중한 존재를 알기까지
하나 더 찾아야 하고
못난 것 버리지 못하는
하나 더 잘난 나를 알아서
하나 더 악한 나를 숨겨야 했어요

그런데 당신은 당신이 아니라고
나는 내가 아니라고 하나도, 하나도
죽은 듯이 모르고 있었을까
　_「하나 더」 전문


　이 시는 시적 화자의 일종의 자아 성찰의 기록이다. '하나
더' 찾는 희망과 꿈과 노력의 의지가 '하나 더 하다가 원
하고 바라던 것/저녁이면 무거운 것 버려야' 하는 안타까
운 상황으로 탈바꿈한다.
　결국 '아까운 것 버리지 못하면/나누어야 했어요/좋은
것 하나 더 나누고 베풀지 못하여/하나 더 썩어서 버려야
했어요'의 비극적 결과가 초래되고야 만다. 그리하여 '나의
소중한 존재를 알기까지/하나 더 찾아야' 한다. 그 과정은
'못난 것도 버리지 못하는/하나 더 잘난 나를 알아서/하
나 더 악한 나를 숨겨야 했어요'라는 자기 발견과 반성의
길에 다다르게 된다.
　'당신은 당신이 아니'고 '나는 내가 아'니었다는 것을 서
로 모르고 살아왔다는 것에 대한 깊은 통찰은 미래의 '하

나 더'를 위해 얼마나 다행스럽고 가치 있는 일인가.

한마디로 말해서 서용덕 시인의 시적 기교는 다양하고 신선하다. 그 무엇보다도 시의 표현 방법에서 모방의 냄새가 나지 않는다. 사물과 세상을 자기 목소리로 노래한다는 것은 그리 쉬운 일이 아니다.

서용덕 시인의 야성미 넘치는 개성적인 시가 이 지상에서 날이 갈수록 더욱 큰 광채를 발하게 되기를 빈다.

—대한민국 일당산 곰지기계곡에서

천부경

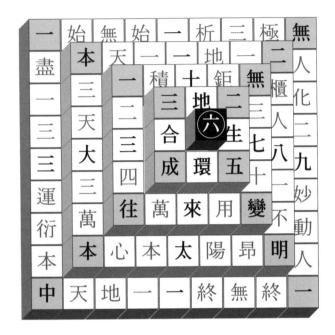

* 천부경은 숫자로 되어 있으며, 총(9×9=81)자로 구성한 신비의 경이다.
* 천국은 '천지인(天地人)'이며 원방각이다.
* 천부경의 숫자 홀수 一, 三, 五, 七, 九(양수) / 짝수 二, 四, 六, 八, 十(음수)
* 천부경은 一(일)자 11번, 一(일)에서 十(십)까지 숫자 31자가 기록되었다.
* 천부경은 한가운데에 6(六)자는 안(內), 밖(外)이다. 六을 중심으로 4방
  (동서남북) 8방으로 4자씩 되어 있다.
* 천부경은 처음 시작과 끝나는 곳이 一(일)이다. '시작과 끝은 있으나
  없다'는 뜻이다.
* 천부경을 연구하고 풀어보는 한가운데 六자의 비밀이 무엇인가(우주)
* 6자는 전후/상하/좌우 6변으로 6각형 모형이 있으나 보이지 않는
  안(內), 밖(外)이 있다.
* 내가 변하면 모든 것이 변하냐? 내가 변하지 않으니 세상(우주가)이
  변하고 있냐? 세상이 변하고 나도 변하면 기적인가?
* 이 책은 천부경의 해설서가 아니다.
  이 세상은 천부경(하늘의 도장)이라는 피라미드 모형과 지구본 모형을
  입체적으로 만들어 찍었다.